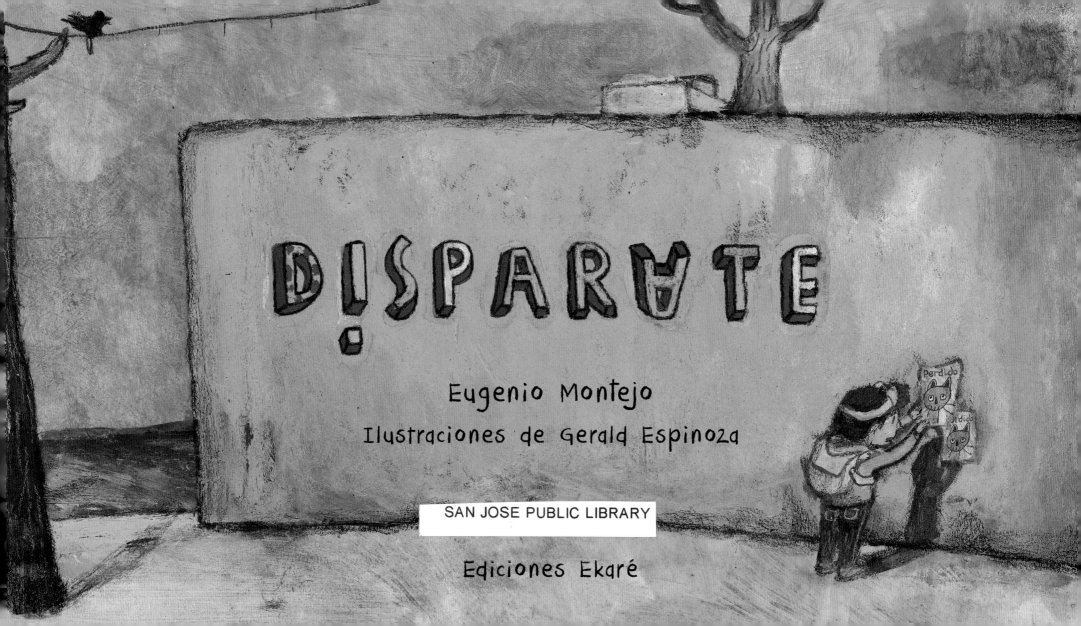

# DISPARATE

Eugenio Montejo

Ilustraciones de Gerald Espinoza

Ediciones Ekaré

Este era un país un día
donde todo iba al revés;
el sol de noche salía,
el cielo estaba en los pies.

El perro llevaba al dueño
amarrado con mecate;
todo reflejaba el sueño
de un profundo disparate.

La gente calzaba platos,
de mantel era su ropa,
y en la mesa los zapatos
estaban llenos de sopa.

Se jugaba en plena clase,
se estudiaba en el recreo,
y se cambiaba la frase
pues lo hermoso era feo.

Como el tiempo iba al contrario,
al nacer ya uno era viejo,
y con cada aniversario
quitaba un año al espejo.

Y nadie allí se moría
pues la historia nos enseña
que al final uno volvía
al pico de la cigüeña.

Después volando se iba
más contento y más feliz,
por los aires, cielo arriba,
en busca de otro país.

EDICIONES
**ekaré**

Edición a cargo de María Francisca Mayobre
Dirección de arte y diseño: Ana Palmero Cáceres

Primera edición, 2012

© 2012 Ediciones Ekaré
© 2012 Eugenio Montejo, texto
© 2012 Gerald Espinoza, ilustraciones

Título original del poema: *Un país*

Todos los derechos reservados

Av. Luis Roche, Edif. Banco del Libro, Altamira Sur. Caracas 1060, Venezuela

C/ Sant Agustí 6, bajos. 08012 Barcelona, España

www.ekare.com

ISBN 978-980-257-353-0 • HECHO EL DEPÓSITO DE LEY • Depósito Legal If15120128001405
ISBN 978-84-940256-0-0 • Depósito Legal B.21123.2012

Impreso en China por South China Printing Co. Ltd

La publicación de este libro ha sido posible
gracias a un aporte de **EL TIEMPO**